AF171027

Franz Kafka

Der Bau

Bibliografische Information der Deutschen Nationalbibliothek:
Die Deutsche Nationalbibliothek verzeichnet diese Publikation in der Deutschen Nationalbibliografie; detaillierte bibliografische Daten sind im Internet über http://dnb.dnb.de abrufbar.

© 2015 Franz Kafka

Herstellung und Verlag: BoD – Books on Demand, Norderstedt

ISBN: 978-3-7386-3066-4

Ich habe den Bau eingerichtet und er scheint wohlgelungen. Von außen ist eigentlich nur ein großes Loch sichtbar, dieses führt aber in Wirklichkeit nirgends hin, schon nach ein paar Schritten stößt man auf natürliches festes Gestein. Ich will mich nicht dessen rühmen, diese List mit Absicht ausgeführt zu haben, es war vielmehr der Rest eines der vielen vergeblichen Bauversuche, aber schließlich schien es mir vorteilhaft, dieses eine Loch unverschüttet zu lassen. Freilich manche List ist so fein, daß sie sich selbst umbringt, das weiß ich besser als irgendwer sonst und es ist gewiß auch kühn, durch dieses Loch überhaupt auf die Möglichkeit aufmerksam zu machen, daß hier etwas Nachforschungswertes vorhanden ist. Doch verkennt mich, wer glaubt, daß ich feige bin und etwa nur aus Feigheit meinen Bau anlege. Wohl tausend Schritte von diesem Loch entfernt liegt, von einer absehbaren Moosschicht verdeckt, der eigentliche Zugang zum Bau, er ist so gesichert, wie eben überhaupt auf der Welt etwas gesichert werden kann, gewiß, es kann jemand auf das Moos treten oder hineinstoßen, dann liegt mein Bau frei da und wer Lust hat – allerdings sind, wohlgemerkt, auch gewisse nicht allzuhäufige Fähigkeiten dazu nötig –, kann eindringen und für immer alles zerstören. Das weiß ich wohl und mein Leben hat selbst jetzt auf seinem Höhepunkt kaum eine völlig ruhige Stunde, dort an jener Stelle im dunkeln Moos bin ich sterblich und in meinen Träumen schnuppert dort oft eine lüsterne Schnauze unaufhörlich herum. Ich hätte, wird man meinen, auch wirklich dieses Eingangsloch zuschütten können, oben in dünner Schicht und mit fester, weiter unten mit lockerer Erde, so daß es mir immer nur wenig Mühe gegeben hätte, mir immer wieder von neuem den Ausweg zu erarbeiten. Es ist aber doch nicht möglich, gerade die Vorsicht verlangt, daß ich eine sofortige Auslaufmöglichkeit habe, gerade die Vorsicht verlangt, wie leider so oft, das Risiko des Lebens. Das alles sind recht mühselige Rechnungen, und die Freude des scharfsinnigen Kopfes an sich selbst ist manchmal die alleinige Ursache dessen, daß man weiterrechnet. Ich muß die sofortige Auslaufmöglichkeit haben, kann ich denn trotz aller Wachsamkeit nicht von ganz unerwarteter Seite angegriffen werden? Ich lebe im Innersten meines Hauses in Frieden und inzwischen bohrt sich langsam und still der Gegner von irgendwoher an mich heran. Ich will nicht sagen, daß er besseren Spürsinn hat als ich; vielleicht weiß er ebensowenig von mir wie ich von ihm. Aber es gibt leidenschaftliche Räuber, die blindlings die Erde durchwühlen und bei der ungeheuren Ausdehnung meines Baues haben selbst sie Hoffnung, irgendwo auf einen meiner Wege zu stoßen. Freilich, ich habe den Vorteil, in meinem Haus zu sein, alle Wege und Richtungen genau zu kennen. Der Räuber kann sehr leicht mein Opfer werden und ein süß schmeckendes. Aber ich werde alt, es gibt viele, die kräftiger sind als ich und meiner Gegner gibt es unzählige, es könnte geschehen, daß ich vor einem Feinde fliehe und dem anderen in die Fänge laufe. Ach, was könnte nicht alles geschehen! Jedenfalls aber muß ich die Zuversicht haben, daß irgendwo vielleicht ein leicht erreichbarer, völlig offener Ausgang ist, wo ich, um hinauszukommen, gar nicht mehr zu arbeiten habe, so daß ich nicht etwa, während ich dort verzweifelt grabe, sei es auch in leichter Aufschüttung, plötzlich – bewahre mich der Himmel! – die Zähne des Verfolgers in meinen Schenkeln spüre. Und es sind nicht nur die äußeren Feinde, die mich bedrohen. Es gibt auch solche im Innern der Erde. Ich habe sie noch nie gesehen, aber die Sagen erzählen von ihnen und ich glaube fest an sie. Es sind Wesen der inneren Erde; nicht einmal die Sage kann sie beschreiben. Selbst wer ihr Opfer geworden ist, hat sie kaum gesehen; sie kommen, man hört das Kratzen ihrer Krallen knapp unter sich in der Erde, die ihr Element ist, und schon ist man verloren. Hier gilt auch nicht, daß man in seinem Haus ist, vielmehr ist man in ihrem Haus. Vor ihnen rettet mich auch jener Ausweg nicht, wie er mich wahrscheinlich überhaupt nicht rettet, sondern verdirbt, aber eine Hoffnung ist er und ich kann ohne ihn nicht leben. Außer diesem großen Weg verbinden mich mit der Außenwelt noch ganz enge, ziemlich ungefährliche Wege, die mir gut atembare Luft verschaffen. Sie sind von den Waldmäusen angelegt. Ich habe es verstanden, sie in meinen Bau richtig einzubeziehen. Sie bieten mir auch die Möglichkeit weitreichender Witterung und geben mir so Schutz. Auch kommt durch sie allerlei kleines Volk zu mir, das ich verzehre, so daß ich eine gewisse, für einen bescheidenen Lebensunterhalt ausreichende Niederjagd haben kann, ohne überhaupt meinen Bau zu verlassen; das ist natürlich sehr wertvoll.

Das schönste an meinem Bau ist aber seine Stille. Freilich, sie ist trügerisch. Plötzlich einmal kann sie unterbrochen werden und alles ist zu Ende. Vorläufig aber ist sie noch da. Stundenlang kann ich durch meine Gänge schleichen und höre nichts als manchmal das Rascheln irgendeines Kleintieres, das ich dann gleich auch zwischen meinen Zähnen zur Ruhe bringe, oder das Rieseln der Erde, das mir die Notwendigkeit irgendeiner Ausbesserung anzeigt; sonst ist es still. Die Waldluft weht herein, es ist gleichzeitig warm und kühl. Manchmal strecke ich mich aus und drehe mich in dem Gang rundum vor Behagen. Schön ist es für das nahende Alter, einen solchen Bau zu haben, sich unter Dach gebracht zu haben, wenn der Herbst beginnt. Alle hundert Meter habe ich die Gänge zu kleinen runden Plätzen erweitert, dort kann ich mich bequem zusammenrollen, mich an mir wärmen und ruhen. Dort schlafe ich den süßen Schlaf des Friedens, des beruhigten Verlangens, des erreichten Zieles des Hausbesitzes. Ich weiß nicht, ob es eine Gewohnheit aus alten Zeiten ist oder ob doch die Gefahren auch dieses Hauses stark genug sind, mich zu wecken: regelmäßig von Zeit zu Zeit schrecke ich auf aus tiefem Schlaf und lausche, lausche in die Stille, die hier unverändert herrscht bei Tag und Nacht, lächle beruhigt und sinke mit gelösten Gliedern in noch tieferen Schlaf. Arme Wanderer ohne Haus, auf Landstraßen, in Wäldern, bestenfalls verkrochen in einen Blätterhaufen oder in einem Rudel der Genossen, ausgeliefert allem Verderben des Himmels und der Erde! Ich liege hier auf einem allseits gesicherten Platz – mehr als fünfzig solcher Art gibt es in meinem Bau – und zwischen Hindämmern und bewußtlosem Schlaf vergehen mir die Stunden, die ich nach meinem Belieben dafür wähle.

Nicht ganz in der Mitte des Baues wohlerwogen für den Fall der äußersten Gefahr, nicht geradezu einer Verfolgung, aber einer Belagerung, liegt der Hauptplatz. Während alles andere vielleicht mehr eine Arbeit angestrengtesten Verstandes als des Körpers ist, ist dieser Burgplatz das Ergebnis allerschwerster Arbeit meines Körpers in allen seinen Teilen. Einigemal wollte ich in der Verzweiflung körperlicher Ermüdung von allem ablassen, wälzte mich auf den Rücken und fluchte dem Bau, schleppte mich hinaus und ließ den Bau offen daliegen. Ich konnte es ja tun, weil ich nicht mehr zu ihm zurückkehren wollte, bis ich dann nach Stunden oder Tagen reuig zurückkam, fast einen Gesang erhoben hätte über die Unverletztheit des Baues und in aufrichtiger Fröhlichkeit mit der Arbeit von neuem begann. Die Arbeit am Burgplatz erschwerte sich auch unnötig (unnötig will sagen, daß der Bau von der Leerarbeit keinen eigentlichen Nutzen hatte) dadurch, daß gerade an der Stelle, wo der Ort planmäßig sein sollte, die Erde recht locker und sandig war, die Erde mußte dort geradezu festgehämmert werden, um den großen schöngewölbten und gerundeten Platz zu bilden. Für eine solche Arbeit aber habe ich nur die Stirn. Mit der Stirn also bin ich tausend- und tausendmal tage- und nächtelang gegen die Erde angerannt, war glücklich, wenn ich sie mir blutig schlug, denn dies war ein Beweis der beginnenden Festigkeit der Wand, und habe mir auf diese Weise, wie man mir zugestehen wird, meinen Burgplatz wohl verdient.

Auf diesem Burgplatz sammle ich meine Vorräte, alles, was ich über meine augenblicklichen Bedürfnisse hinaus innerhalb des Baus erjage, und alles, was ich von meinen Jagden außer dem Hause mitbringe, häufe ich hier auf. Der Platz ist so groß, daß ihn Vorräte für ein halbes Jahr nicht füllen. Infolgedessen kann ich sie wohl ausbreiten, zwischen ihnen herumgehen, mit ihnen spielen, mich an der Menge und an den verschiedenen Gerüchen freuen und immer einen genauen Überblick über das Vorhandene haben. Ich kann dann auch immer Neuordnungen vornehmen und, entsprechend der Jahreszeit, die nötigen Vorausberechnungen und Jagdpläne machen. Es gibt Zeiten, in denen ich so wohlversorgt bin, daß ich aus Gleichgültigkeit gegen das Essen überhaupt das Kleinzeug, das hier herumhuscht, gar nicht berühre, was allerdings aus anderen Gründen vielleicht unvorsichtig ist. Die häufige Beschäftigung mit Verteidigungsvorbereitungen bringt es mit sich, daß meine Ansichten hinsichtlich der Ausnutzung des Baus für solche Zwecke sich ändern oder entwickeln, in kleinem Rahmen allerdings. Es scheint mir dann manchmal gefährlich, die Verteidigung ganz auf dem Burgplatz zu basieren, die Mannigfaltigkeit des Baus gibt mir doch auch mannigfaltigere Möglichkeiten und es scheint mir der Vorsicht entsprechender, die Vorräte ein wenig zu verteilen und auch manche kleine Plätze mit ihnen zu versorgen, dann bestimme ich etwa jeden dritten Platz zum Reservevorratsplatz oder jeden vierten Platz zu einem Haupt- und jeden zweiten zu einem Nebenvorratsplatz und dergleichen. Oder ich schalte manche Wege zu Täuschungszwecken überhaupt aus der Behäufung mit Vorräten aus oder ich wähle ganz sprunghaft, je nach ihrer Lage zum Hauptausgang, nur wenige Plätze. Jeder solche neue Plan verlangt allerdings schwere Lastträgerarbeit, ich muß die neue Berechnung vornehmen und trage dann die Lasten hin und her. Freilich kann ich das in Ruhe ohne Übereilung machen und es ist nicht gar so schlimm, die guten Dinge im Maule zu tragen, sich auszuruhen, wo man will und, was einem gerade schmeckt, zu naschen. Schlimmer ist es, wenn es mir manchmal, gewöhnlich beim Aufschrecken aus dem Schlafe, scheint, daß die gegenwärtige Aufteilung ganz und gar verfehlt ist, große Gefahren herbeiführen kann und sofort eiligst ohne Rücksicht auf Schläfrigkeit und Müdigkeit richtiggestellt werden muß; dann eile ich, dann fliege ich, dann habe ich keine Zeit zu Berechnungen; der ich gerade einen neuen, ganz genauen Plan ausführen will, fasse willkürlich, was mir unter die Zähne kommt, schleppe, trage, seufze, stöhne, stolpere und nur irgendeine beliebige Veränderung des gegenwärtigen, mir so übergefährlich scheinenden Zustandes will mir schon genügen. Bis allmählich mit völligem Erwachen die Ernüchterung kommt, ich die Übereilung kaum verstehe, tief den Frieden meines Hauses einatme, den ich selbst gestört habe, zu meinem Schlafplatz zurückkehre, in neugewonnener Müdigkeit sofort einschlafe und beim Erwachen als unwiderleglichen Beweis der schon fast traumhaft erscheinenden Nachtarbeit etwa noch eine Ratte an den Zähnen hängen habe. Dann gibt es wieder Zeiten, wo mir die Vereinigung aller Vorräte auf einen Platz das Allerbeste scheint. Was können mir die Vorräte auf den kleinen Plätzen helfen, wieviel läßt sich denn dort überhaupt unterbringen, und was immer man auch hinbringt, es verstellt den Weg und wird mich vielleicht einmal bei der Verteidigung, beim Laufen eher hindern. Außerdem ist es zwar dumm aber wahr, daß das Selbstbewußtsein darunter leidet, wenn man nicht alle Vorräte beisammen sieht und so mit einem einzigen Blicke weiß, was man besitzt. Kann nicht auch bei diesen vielen Verteilungen vieles verloren gehen? Ich kann nicht immerfort durch meine Kreuz- und Quergänge galoppieren, um zu sehen, ob alles in richtigem Stande ist. Der Grundgedanke einer Verteilung der Vorräte ist ja richtig, aber eigentlich nur dann, wenn man mehrere Plätze von der Art meines Burgplatzes hat. Mehrere solche Plätze! Freilich! Aber wer kann das schaffen? Auch sind sie im Gesamtplan meines Baus jetzt nachträglich nicht mehr unterzubringen. Zugeben aber will ich, daß darin ein Fehler des Baus liegt, wie überhaupt dort immer ein Fehler ist, wo man von irgend etwas nur ein Exemplar besitzt. Und ich gestehe auch ein, daß in mir während des ganzen Baues dunkel im Bewußtsein, aber deutlich genug, wenn ich den guten Willen gehabt hätte, die Forderung nach mehreren Burgplätzen lebte, ich habe ihr nicht nachgegeben, ich fühlte mich zu schwach für die ungeheure Arbeit; ja, ich fühlte mich zu schwach, mir die Notwendigkeit der Arbeit zu vergegenwärtigen, irgendwie tröstete ich mich mit Gefühlen von nicht minderer Dunkelheit, nach denen das, was sonst nicht hinreichen würde, in meinem Fall einmal ausnahmsweise, gnadenweise, wahrscheinlich, weil der Vorsehung an der Erhaltung meiner Stirn, des Stampfhammers, besonders gelegen ist, hinreichen werde. Nun so habe ich nur einen Burgplatz, aber die dunklen Gefühle, daß der eine diesmal nicht hinreichen werde, haben sich verloren. Wie es auch sei, ich muß mich mit dem einen begnügen, die kleinen Plätze können ihn unmöglich ersetzen und so fange ich dann, wenn diese Anschauung in mir gereift ist, wieder an, alles aus den kleinen Plätzen zum Burgplatz zurückzuschleppen. Für einige Zeit ist es mir dann ein gewisser Trost, alle Plätze und Gänge frei zu haben, zu sehen, wie auf dem Burgplatz sich die Mengen des Fleisches häufen und weithin bis in die äußersten Gänge die Mischung der vielen Gerüche senden, von denen jeder in seiner Art mich entzückt und die ich aus der Ferne genau zu sondern imstande bin. Dann pflegen besonders friedliche Zeiten zu kommen, in denen ich meine Schlafplätze langsam, allmählich von den äußeren Kreisen nach innen verlege, immer tiefer in die Gerüche tauche, bis ich es nicht mehr ertrage und eines Nachts auf den Burgplatz stürze, mächtig unter den Vorräten aufräume und bis zur vollständigen Selbstbetäubung mit dem Besten, was ich liebe, mich fülle. Glückliche, aber gefährliche Zeiten; wer sie auszunützen verstünde, könnte mich leicht, ohne sich zu gefährden, vernichten. Auch hier wirkt das Fehlen eines zweiten oder dritten Burgplatzes schädigend mit, die große einmalige Gesamtanhäufung ist es, die mich verführt. Ich suche mich verschiedentlich dagegen zu schützen, die Verteilung auf die kleinen Plätze ist ja auch eine derartige Maßnahme, leider führt sie wie andere ähnliche Maßnahmen durch Entbehrung zu noch größerer Gier, die dann mit Überrennung des Verstandes die Verteidigungspläne zu ihren Zwecken willkürlich ändert.

Nach solchen Zeiten pflege ich, um mich zu sammeln, den Bau zu revidieren und, nachdem die nötigen Ausbesserungen vorgenommen sind, ihn öfters, wenn auch immer nur für kurze Zeit zu verlassen. Die Strafe, ihn lange zu entbehren, scheint mir selbst dann zu hart, aber die Notwendigkeit zeitweiliger Ausflüge sehe ich ein. Es hat immer eine gewisse Feierlichkeit, wenn ich mich dem Ausgang nähere. In den Zeiten des häuslichen Lebens weiche ich ihm aus, vermeide sogar den Gang, der zu ihm führt, in seinen letzten Ausläufern zu begehen; es ist auch gar nicht leicht, dort herumzuwandern, denn ich habe dort ein volles kleines Zickzackwerk von Gängen angelegt; dort fing mein Bau an, ich durfte damals noch nicht hoffen, ihn je so beenden zu können, wie er in meinem Plane dastand, ich begann halb spielerisch an diesem Eckchen und so tobte sich dort die erste Arbeitsfreu-

de in einem Labyrinthbau aus, der mir damals die Krone aller
Bauten schien, den ich aber heute wahrscheinlich richtiger als
allzu kleinliche, des Gesamtbaues nicht recht würdige Bastelei
beurteile, die zwar theoretisch vielleicht köstlich ist – hier ist
der Eingang zu meinem Haus, sagte ich damals ironisch zu
den unsichtbaren Feinden und sah sie schon sämtlich in dem
Eingangslabyrinth ersticken –, in Wirklichkeit aber eine viel
zu dünnwandige Spielerei darstellt, die einem ernsten Angriff
oder einem verzweifelt um sein Leben kämpfenden Feind
kaum widerstehen wird. Soll ich diesen Teil deshalb umbau-
en? Ich zögere die Entscheidung hinaus und es wird wohl
schon so bleiben wie es ist. Abgesehen von der großen Arbeit, die ich mir damit zumuten würde, wäre es auch die ge-
fährlichste, die man sich denken kann. Damals, als ich den
Bau begann, konnte ich dort verhältnismäßig ruhig arbeiten,
das Risiko war nicht viel größer als irgendwo sonst, heute
aber hieße es fast mutwillig auf den ganzen Bau aufmerksam
machen wollen, heute ist es nicht mehr möglich. Es freut
mich fast, eine gewisse Empfindsamkeit für dieses Erstlings-
werk ist ja auch vorhanden. Und wenn ein großer Angriff
kommen sollte, welcher Grundriß des Eingangs könnte mich
retten? Der Eingang kann täuschen, ablenken, den Angreifer
quälen, das tut auch dieser zur Not. Aber einem wirklich
großen Angriff muß ich gleich mit allen Mitteln des Gesamtbaues und mit allen Kräften des Körpers und der Seele zu
begegnen suchen – das ist ja selbstverständlich. So mag auch
dieser Eingang schon bleiben. Der Bau hat so viele von der
Natur ihm aufgezwungene Schwächen, mag er auch noch
diesen von meinen Händen geschaffenen und wenn auch erst
nachträglich, so doch genau erkannten Mangel behalten. Mit
all dem ist freilich nicht gesagt, daß mich dieser Fehler nicht
von Zeit zu Zeit oder vielleicht immer doch beunruhigt.
Wenn ich bei meinen gewöhnlichen Spaziergängen diesem
Teil des Baues ausweiche, so geschieht das hauptsächlich
deshalb, weil mir sein Anblick unangenehm ist, weil ich nicht
immer einen Mangel des Baues in Augenschein nehmen will,
wenn dieser Mangel schon in meinem Bewußtsein mir allzusehr rumort. Mag der Fehler dort oben am Eingang unaus-

rottbar bestehen, ich aber mag, so lange es sich vermeiden läßt, von seinem Anblick verschont bleiben. Gehe ich nur in der Richtung zum Ausgang, sei ich auch noch durch Gänge und Plätze von ihm getrennt, glaube ich schon in die Atmosphäre einer großen Gefahr zu geraten, mir ist manchmal, als verdünne sich mein Fell, als könnte ich bald mit bloßem kahlem Fleisch dastehen und in diesem Augenblick vom Geheul meiner Feinde begrüßt werden. Gewiß, solche Gefühle bringt schon an und für sich der Ausgang selbst hervor, das Aufhören des häuslichen Schutzes, aber es ist doch auch dieser Eingangsbau, der mich besonders quält. Manchmal träume ich, ich hätte ihn umgebaut, ganz und gar geändert, schnell, mit Riesenkräften in einer Nacht, von niemandem bemerkt, und nun sei er uneinnehmbar; der Schlaf, in dem mir das geschieht, ist der süßeste von allen, Tränen der Freude und Erlösung glitzern noch an meinem Bart, wenn ich erwache.

Die Pein dieses Labyrinths muß ich also auch körperlich überwinden, wenn ich ausgehe, und es ist mir ärgerlich und rührend zugleich, wenn ich mich manchmal in meinem eigenen Gebilde für einen Augenblick verirre und das Werk sich also noch immer anzustrengen scheint, mir, dessen Urteil schon längst feststeht, doch noch seine Existenzberechtigung zu beweisen. Dann aber bin ich unter der Moosdecke, der ich manchmal Zeit lasse – so lange rühre ich mich nicht aus dem Hause-, mit dem übrigen Waldboden zusammengewachsen, und nun ist nur noch ein Ruck des Kopfes nötig und ich bin in der Fremde. Diese kleine Bewegung wage ich lange nicht auszuführen, hätte ich nicht wieder das Eingangslabyrinth zu überwinden, gewiß würde ich heute davon ablassen und wieder zurückwandern. Wie? Dein Haus ist geschützt, in sich abgeschlossen. Du lebst in Frieden, warm, gut genährt, Herr, alleiniger Herr über eine Vielzahl von Gängen und Plätzen, und alles dieses willst du hoffentlich nicht opfern, aber doch gewissermaßen preisgeben, hast zwar die Zuversicht, es zurückzugewinnen, aber läßt dich doch darauf ein, ein hohes, ein allzuhohes Spiel zu spielen? Es gäbe vernünftige Gründe dafür? Nein, für etwas derartiges kann es keine vernünftigen

Gründe geben. Aber dann hebe ich doch vorsichtig die Falltüre und bin draußen, lasse sie vorsichtig sinken und jage, so schnell ich kann, weg von dem verräterischen Ort.

Aber im Freien bin ich eigentlich nicht, zwar drücke ich mich nicht mehr durch die Gänge, sondern jage im offenen Wald, fühle in meinem Körper neue Kräfte, für die im Bau gewissermaßen kein Raum ist, nicht einmal auf dem Burgplatz, und wäre er zehnmal größer. Auch ist die Ernährung draußen eine bessere, die Jagd zwar schwieriger, der Erfolg seltener, aber das Ergebnis in jeder Hinsicht höher zu bewerten, das alles leugne ich nicht und verstehe es wahrzunehmen und zu genießen, zumindest so gut wie jeder andere, aber wahrscheinlich viel besser, denn ich jage nicht wie ein Landstreicher aus Leichtsinn oder Verzweiflung, sondern zweckvoll und ruhig. Auch bin ich nicht dem freien Leben bestimmt und ausgeliefert, sondern ich weiß, daß meine Zeit geniessen ist, daß ich nicht endloser hier jagen muß, sondern daß mich gewissermaßen, wenn ich will und des Lebens hier müde bin, jemand zu sich rufen wird, dessen Einladung ich nicht werde widerstehen können. Und so kann ich diese Zeit hier ganz auskosten und sorgenlos verbringen, vielmehr, ich könnte es und kann es doch nicht. Zuviel beschäftigt mich der Bau. Schnell bin ich vom Eingang fortgelaufen, bald aber komme ich zurück. Ich suche mir ein gutes Versteck und belauere den Eingang meines Hauses – diesmal von außen – tage- und nächtelang. Mag man es töricht nennen, es macht mir eine unsagbare Freude und es beruhigt mich. Mir ist dann, als stehe ich nicht vor meinem Haus, sondern vor mir selbst, während ich schlafe, und hätte das Glück, gleichzeitig tief zu schlafen und dabei mich scharf bewachen zu können. Ich bin gewissermaßen ausgezeichnet, die Gespenster der Nacht nicht nur in der Hilflosigkeit und Vertrauensseligkeit des Schlafes zu sehen, sondern ihnen gleichzeitig in Wirklichkeit bei voller Kraft des Wachseins in ruhiger Urteilsfähigkeit zu begegnen. Und ich finde, daß es merkwürdigerweise nicht so schlimm mit mir steht, wie ich oft glaubte und wie ich wahrscheinlich wieder glauben werde, wenn ich in mein Haus hinabsteige. In dieser Hinsicht, wohl auch in anderer, aber in dieser besonders, sind diese Ausflüge wahrhaftig unentbehrlich. Gewiß, so sorgfältig ich den Eingang abseitsliegend gewählt habe – der Verkehr, der sich dort vollzieht, ist doch, wenn man die Beobachtungen einer Woche zusammenfaßt, sehr groß, aber so ist es vielleicht überhaupt in allen bewohnbaren Gegenden und wahrscheinlich ist es sogar besser, einem größeren Verkehr sich auszusetzen, der infolge seiner Größe sich selbst mit weiterreißt, als in völliger Einsamkeit dem ersten besten, langsam suchenden Eindringling ausgeliefert zu sein. Hier gibt es viele Feinde und noch mehr Helfershelfer der Feinde, aber sie bekämpfen sich auch gegenseitig und jagen in diesen Beschäftigungen am Bau vorbei. Niemanden habe ich in der ganzen Zeit geradezu am Eingang forschen sehen, zu meinem und zu seinem Glück, denn ich hätte mich, besinnungslos vor Sorge um den Bau, gewiß an seine Kehle geworfen. Freilich, es kam auch Volk, in dessen Nähe ich nicht zu bleiben wagte und vor denen ich, wenn ich sie nur in der Ferne ahnte, fliehen mußte, über ihr Verhalten zum Bau dürfte ich mich eigentlich mit Sicherheit nicht äußern, doch genügt es wohl zur Beruhigung, daß ich bald zurückkam, niemanden von ihnen mehr vorfand und den Eingang unverletzt. Es gab glückliche Zeiten, in denen ich mir fast sagte, daß die Gegnerschaft der Welt gegen mich vielleicht aufgehört oder sich beruhigt habe oder daß die Macht des Baues mich heraushebe aus dem bisherigen Vernichtungskampf. Der Bau schützt vielleicht mehr, als ich jemals gedacht habe oder im Innern des Baues zu denken wage. Es ging so weit, daß ich manchmal den kindischen Wunsch bekam, überhaupt nicht mehr in den Bau zurückzukehren, sondern hier in der Nähe des Eingangs mich einzurichten, mein Leben in der Beobachtung des Eingangs zu verbringen und immerfort mir vor Augen zu halten und darin mein Glück zu finden, wie fest mich der Bau, wäre ich darin, zu sichern imstande wäre. Nun, es gibt ein schnelles Aufschrecken aus kindischen Träumen. Was ist es denn für eine Sicherung, die ich hier beobachte? Darf ich denn die Gefahr, in welcher ich im Bau bin, überhaupt nach den Erfahrungen beurteilen, die ich hier draußen mache? Haben denn meine Feinde überhaupt die richtige Witterung, wenn ich nicht im Bau bin? Einige Witterung von mir haben sie gewiß, aber die volle nicht. Und ist nicht oft der Bestand der vollen Witterung die Voraussetzung der normalen Gefahr? Es sind also nur Halb- und Zehntelversuche, die ich hier anstelle, geeignet, mich zu beruhigen und durch falsche Beruhigung aufs höchste zu gefährden. Nein, ich beobachte doch nicht, wie ich glaubte, meinen Schlaf, vielmehr bin ich es, der schläft, während der Verderber wacht. Vielleicht ist er unter denen, die achtlos am Eingang vorüberschlendern, sich immer nur vergewissern, nicht anders als ich, daß die Tür noch unverletzt ist und auf ihren Angriff wartet, und nur vorübergehen, weil sie wissen, daß der Hausherr nicht im Innern ist oder weil sie vielleicht gar wissen, daß er unschuldig nebenan im Gebüsch lauert. Und ich verlasse meinen Beobachtungsplatz und bin satt des Lebens im Freien, mir ist, als könnte ich nicht mehr hier lernen, nicht jetzt und nicht später. Und ich habe Lust, Abschied zu nehmen von allem hier, hinabzusteigen in den Bau und niemals mehr zurückzukommen, die Dinge ihren Lauf nehmen zu lassen und sie durch unnütze Beobachtungen nicht aufzuhalten. Aber verwöhnt dadurch, daß ich solange alles gesehen habe, was über dem Eingang vor sich ging, ist es mir jetzt sehr quälend, die an sich geradezu Aufsehen machende Prozedur des Hinabsteigens durchzuführen und nicht zu wissen, was im ganzen Umkreis hinter meinem Rücken und dann hinter der wiedereingefügten Falltür geschehen wird. Ich versuche es zunächst in stürmischen Nächten mit dem schnellen Hineinwerfen der Beute, das scheint zu gelingen, aber ob es wirklich gelungen ist, wird sich erst zeigen, wenn ich selbst hineingestiegen bin, es wird sich zeigen, aber nicht mehr mir, oder auch mir, aber zu spät. Ich lasse also ab davon und steige nicht ein. Ich grabe, natürlich in genügender Entfernung vom wirklichen Eingang einen Versuchsgraben, er ist nicht länger als ich selbst bin und auch von einer Moosdecke abgeschlossen. Ich krieche in den Graben, decke ihn hinter mir zu, warte sorgfältig, berechne kürzere und längere Zeiten zu verschiedenen Tagesstunden, werfe dann das Moos ab, komme hervor und registriere meine Beobachtungen. Ich mache die verschiedensten Erfahrungen guter und schlimmer Art, ein allgemeines Gesetz oder eine unfehlbare Methode des Hinabsteigens finde ich aber nicht. Ich bin infolgedessen noch nicht in den wirklichen Eingang hinabgestiegen und verzweifelt, es doch bald tun zu müssen. Ich bin nicht ganz fern von dem Entschluß, in die Ferne zu gehen, das alte, trostlose Leben wieder aufzunehmen, das gar keine Sicherheit hatte, das eine einzige ununterscheidbare Fülle von Gefahren war und infolgedessen die einzelne Gefahr nicht so genau sehen und fürchten ließ, wie es mich der Vergleich zwischen meinem sicheren Bau und dem sonstigen Leben immerfort lehrt. Gewiß, ein solcher Entschluß wäre eine völlige Narrheit, hervorgerufen nur durch allzu langes Leben in der sinnlosen Freiheit; noch gehört der Bau mir, ich habe nur einen Schritt zu tun und bin gesichert. Und ich reiße mich los von allen Zweifeln und laufe geradewegs bei hellem Tag auf die Tür zu, um sie nun ganz gewiß zu heben, aber ich kann es doch nicht, ich überlaufe sie und werfe mich mit Absicht in ein Dornengebüsch, um mich zu strafen, zu strafen für eine Schuld, die ich nicht kenne. Dann allerdings muß ich mir letzten Endes sagen, daß ich doch recht habe, und daß es wirklich unmöglich ist hinabzusteigen, ohne das Teuerste, was ich habe, allen ringsherum, auf dem Boden, auf den Bäumen, in den Lüften wenigstens für ein Weilchen offen preiszugeben. Und die Gefahr ist keine eingebildete, sondern eine sehr wirkliche. Es muß ja kein eigentlicher Feind sein, dem ich die Lust errege, mir zu folgen, es kann recht gut irgendeine beliebige kleine Unschuld, irgendein widerliches kleines Wesen sein, welches aus Neugier mir nachgeht und damit, ohne es zu wissen, zur Führerin der Welt gegen mich wird, es muß auch das nicht sein, vielleicht ist es, und das ist nicht weniger schlimm als das andere, in mancher Hinsicht ist es das schlimmste – vielleicht ist es irgend jemand von meiner Art, ein Kenner und Schätzer von Bauten, irgendein Waldbruder, ein Liebhaber des Friedens, aber ein wüster Lump, der wohnen will, ohne zu bauen. Wenn er doch jetzt käme, wenn er doch mit seiner schmutzigen Gier den Eingang entdeckte, wenn er doch daran zu arbeiten begänne, das Moos zu heben, wenn es ihm doch gelänge, wenn er sich doch für mich hineinzwängte und schon darin soweit wäre, daß mir sein Hinterer für einen Augenblick gerade noch auftauchte, wenn das alles doch geschähe, damit ich endlich in einem Rasen hinter ihm her, frei von allen Bedenken, ihn anspringen könnte, ihn zerbeißen, zerfleischen, zerreißen und austrinken und seinen Kadaver gleich zur anderen Beute stopfen könnte, vor allem aber, das wäre die Hauptsache, endlich wieder in meinem Bau wäre, gern diesmal sogar das Labyrinth bewundern wollte, zunächst aber die Moosdecke über mich ziehen und ruhen wollte, ich glaube, den ganzen, noch übrigen Rest meines Lebens. Aber es kommt niemand und ich bleibe auf mich allein angewiesen. Ich verliere, immerfort nur mit der Schwierigkeit der Sache beschäftigt, viel von meiner Ängstlichkeit, ich weiche dem Eingang auch äußerlich nicht mehr aus, ihn in Kreisen zu umstreichen wird meine Lieblingsbeschäftigung, es ist schon fast so, als sei ich der Feind und spionierte die passende Gelegenheit aus, um mit Erfolg einzubrechen. Hätte ich doch irgend jemanden, dem ich vertrauen könnte, den ich auf meinen Beobachtungsposten stellen könnte, dann könnte ich wohl getrost hinabsteigen. Ich würde mit ihm, dem ich vertraue, vereinbaren, daß er die Situation bei meinem Hinabsteigen und eine lange Zeit hinterher genau beobachtet, im Falle von gefährlichen Anzeichen an die Moosdecke klopft, sonst aber nicht. Damit wäre über mir völlig reiner Tisch gemacht, es bliebe kein Rest, höchstens mein Vertrauensmann. – Denn wird er nicht eine Gegenleistung verlangen, wird er nicht wenigstens den Bau ansehen wollen? Schon dieses, jemanden freiwillig in meinen Bau zu lassen, wäre mir äußerst peinlich. Ich habe ihn für mich, nicht für Besucher gebaut, ich glaube, ich würde ihn nicht einlassen; selbst um den Preis, daß er es mir ermöglicht in den Bau zu kommen, würde ich ihn nicht einlassen. Aber ich könnte ihn gar nicht einlassen, denn entweder müßte ich ihn allein hinablassen, und das ist doch außerhalb jeder Vorstellbarkeit, oder wir müßten gleichzeitig hinabsteigen, wodurch dann eben der Vorteil, den er mir bringen soll, hinter mir Beobachtungen anzustellen, verloren ginge. Und wie ist es mit dem Vertrauen? Kann ich dem, welchem ich Aug in Aug vertraue, noch

ebenso vertrauen, wenn ich ihn nicht sehe und wenn die
Moosdecke uns trennt? Es ist verhältnismäßig leicht, jemandem zu vertrauen, wenn man ihn gleichzeitig überwacht oder
wenigstens überwachen kann, es ist vielleicht sogar möglich,
jemandem aus der Ferne zu vertrauen, aber aus dem Innern
des Baues, also einer anderen Welt heraus, jemandem außerhalb völlig zu vertrauen, ich glaube, das ist unmöglich. Aber
solche Zweifel sind noch nicht einmal nötig, es genügt ja
schon die Überlegung, daß während oder nach meinem Hinabsteigen alle die unzähligen Zufälle des Lebens den Vertrauensmann hindern können, seine Pflicht zu erfüllen, und was
für unberechenbare Folgen kann seine kleinste Verhinderung
für mich haben. Nein, faßt man alles zusammen, muß ich es
gar nicht beklagen, daß ich allein bin und niemanden habe,
dem ich vertrauen kann. Ich verliere dadurch gewiß keinen
Vorteil und erspare mir wahrscheinlich Schaden. Vertrauen
aber kann ich nur mir und dem Bau. Das hätte ich früher
bedenken und für den Fall, der mich jetzt so beschäftigt,
Vorsorge treffen sollen. Es wäre am Beginne des Baues wenigstens zum Teile möglich gewesen. Ich hätte den ersten
Gang so anlegen müssen, daß er, in gehörigem Abstand voneinander, zwei Eingänge gehabt hätte, so daß ich durch den
einen Eingang mit aller unvermeidlichen Umständlichkeit
hinabgestiegen wäre, rasch den Anfangsgang bis zum zweiten
Eingang durchlaufen, die Moosdecke dort, die zu dem Zweck
entsprechend hätte eingerichtet sein müssen, ein wenig gelüftet und von dort aus die Lage einige Tage und Nächte zu
überblicken versucht hätte. So allein wäre es richtig gewesen.
Zwar verdoppeln zwei Eingänge die Gefahr, aber dieses Bedenken hätte hier schweigen müssen, zumal der eine Eingang,
der nur als Beobachtungsplatz gedacht war, ganz eng hätte
sein können. Und damit verliere ich mich in technische Überlegungen, ich fange wieder einmal meinen Traum eines ganz
vollkommenen Baues zu träumen an, das beruhigt mich ein
wenig, entzückt sehe ich mit geschlossenen Augen klare und
weniger klare Baumöglichkeiten, um unbemerkt aus- und
einschlüpfen zu können.

Wenn ich so daliege und daran denke, bewerte ich diese Möglichkeiten sehr hoch, aber doch nur als technische Errungenschaften, nicht als wirkliche Vorteile, denn dieses ungehinderte Aus- und Einschlüpfen, was soll es? Es deutet auf unruhigen Sinn, auf unsichere Selbsteinschätzung, auf unsaubere Gelüste, schlechte Eigenschaften, die noch viel schlechter werden angesichts des Baues, der doch dasteht und Frieden einzugießen vermag, wenn man sich ihm nur völlig öffnet. Nun bin ich freilich jetzt außerhalb seiner und suche eine Möglichkeit der Rückkehr; dafür wären die nötigen technischen Einrichtungen sehr erwünscht. Aber vielleicht doch nicht gar so sehr. Heißt es nicht in der augenblicklichen nervösen Angst den Bau sehr unterschätzen, wenn man ihn nur als eine Höhlung ansieht, in die man sich mit möglichster Sicherheit verkriechen will? Gewiß, er ist auch diese sichere Höhlung oder sollte es sein, und wenn ich mir vorstelle, ich sei mitten in einer Gefahr, dann will ich mit zusammengebissenen Zähnen und mit aller Kraft des Willens, daß der Bau nichts anderes sei als das für meine Lebensrettung bestimmte Loch und daß er diese klar gestellte Aufgabe mit möglichster Vollkommenheit erfülle, und jede andere Aufgabe bin ich bereit ihm zu erlassen. Nun verhält es sich aber so, daß er in Wirklichkeit – und für die hat man in der großen Not keinen Blick und selbst in gefährdeten Zeiten muß man sich diesen Blick erst erwerben – zwar viel Sicherheit gibt, aber durchaus nicht genug, hören dann jemals die Sorgen völlig in ihm auf?. Es sind andere, stolzere, inhaltsreichere, oft weit zurückgedrängte Sorgen, aber ihre verzehrende Wirkung ist vielleicht die gleiche wie jene der Sorgen, die das Leben draußen bereitet. Hätte ich den Bau nur zu meiner Lebenssicherung aufgeführt, wäre ich zwar nicht betrogen, aber das Verhältnis zwischen der ungeheuren Arbeit und der tatsächlichen Sicherung, wenigstens soweit ich sie zu empfinden imstande bin und soweit ich von ihr profitieren kann, wäre ein für mich nicht günstiges. Es ist sehr schmerzlich, sich das einzugestehen, aber es muß geschehen, gerade angesichts des Eingangs dort, der sich jetzt gegen mich, den Erbauer und Besitzer abschließt, ja förmlich verkrampft. Aber der Bau ist eben nicht nur ein Rettungsloch. Wenn ich auf dem Burgplatz stehe, umgeben von den hohen Fleischvorräten, das Gesicht zugewandt den zehn Gängen, die von hier ausgehen, jeder besonders dem Gesamtplatz entsprechend gesenkt oder gehoben, gestreckt oder gerundet, sich erweiternd oder sich verengend und alle gleichmäßig still und leer, und bereit, jeder in seiner Art mich weiterzuführen zu den vielen Plätzen und auch diese alle still und leer – dann liegt mir der Gedanke an Sicherheit fern, dann weiß ich genau, daß hier meine Burg ist, die ich durch Kratzen und Beißen, Stampfen und Stoßen dem widerspenstigen Boden abgewonnen habe, meine Burg, die auf keine Weise jemandem anderen angehören kann und die so sehr mein ist, daß ich hier letzten Endes ruhig von meinem Feind auch die tödliche Verwundung annehmen kann, denn mein Blut versickert hier in meinem Boden und geht nicht verloren. Und was anderes als dies ist denn auch der Sinn der schönen Stunden, die ich, halb friedlich schlafend, halb fröhlich wachend, in den Gängen zu verbringen pflege, in diesen Gängen, die ganz genau für mich berechnet sind, für wohliges Strecken, kindliches Sichwälzen, träumerisches Daliegen, seliges Entschlafen. Und die kleinen Plätze, jeder mir wohlbekannt, jeder trotz völliger Gleichheit von mir mit geschlossenen Augen schon nach dem Schwung der Wände deutlich unterschieden, sie umfangen mich friedlich und warm, wie kein Nest seinen Vogel umfängt. Und alles, alles still und leer.

Wenn es aber so ist, warum zögere ich dann, warum fürchte ich den Eindringling mehr als die Möglichkeit, vielleicht niemals meinen Bau wiederzusehen. Nun, dieses letztere ist glücklicherweise eine Unmöglichkeit, es wäre gar nicht nötig, mir durch Überlegungen erst klarzumachen, was mir der Bau bedeutet; ich und der Bau gehören so zusammen, daß ich ruhig, ruhig bei aller meiner Angst, mich hier niederlassen könnte, gar nicht versuchen müßte mich zu überwinden, auch den Eingang entgegen allen Bedenken zu öffnen, es würde durchaus genügen, wenn ich untätig wartete, denn nichts kann uns auf die Dauer trennen und irgendwie komme ich schließlich ganz gewiß hinab. Aber freilich, wieviel Zeit kann bis dahin vergehen und wieviel kann in dieser Zeit sich ereignen, hier oben sowohl wie dort unten? Und es liegt doch nur an mir, diesen Zeitraum zu verkürzen und das Notwendige gleich zu tun.

Und nun, schon denkunfähig vor Müdigkeit, mit hängendem Kopf, unsicheren Beinen, halb schlafend, mehr tastend als gehend, nähere ich mich dem Eingang, hebe langsam das Moos, steige langsam hinab, lasse aus Zerstreutheit den Eingang überflüssig lange unbedeckt, erinnere mich dann an das Versäumte, steige wieder hinauf, um es nachzuholen, aber warum denn hinaufsteigen? Nur die Moosdecke soll ich zuziehen, gut, so steige ich wieder hinunter und nun endlich ziehe ich die Moosdecke zu. Nur in diesem Zustand, ausschließlich in diesem Zustand, kann ich diese Sache ausführen. – Dann also liege ich unter dem Moos, oben auf der eingebrachten Beute, umflossen von Blut und Fleischsäften, und könnte den ersehnten Schlaf zu schlafen beginnen. Nichts stört mich, niemand ist mir gefolgt, über dem Moos scheint es, wenigstens bis jetzt, ruhig zu sein, und selbst wenn es nicht ruhig wäre, ich glaube, ich könnte mich jetzt nicht mit Beobachtungen aufhalten; ich habe den Ort gewechselt, aus der Oberwelt bin ich in meinen Bau gekommen und ich fühle die Wirkung dessen sofort. Es ist eine neue Welt, die neue Kräfte gibt, und was oben Müdigkeit ist, gilt hier nicht als solche. Ich bin von einer Reise zurückgekehrt, besinnungslos müde von den Strapazen, aber das Wiedersehen der alten Wohnung, die Einrichtungsarbeit, die mich erwartet, die Notwendigkeit, schnell alle Räume wenigstens oberflächlich zu besichtigen, vor allem aber eiligst zum Burgplatz vorzudringen, das alles verwandelt meine Müdigkeit in Unruhe und Eifer, es ist, als hätte ich während des Augenblicks, da ich den Bau betrat, einen langen und tiefen Schlaf getan. Die erste Arbeit ist sehr mühselig und nimmt mich ganz in Anspruch: die Beute nämlich durch die engen und schwachwandigen Gänge des Labyrinths zu bringen. Ich drücke vorwärts mit allen Kräften und es geht auch, aber mir viel zu langsam; um es zu beschleunigen, reiße ich einen Teil der Fleischmassen zurück und dränge mich über sie hinweg, durch sie hindurch, nun habe ich bloß einen Teil vor mir, nun ist es leichter, ihn vorwärts zu bringen, aber ich bin derart mitten darin in der Fülle des Fleisches hier in den engen Gängen, durch die es mir, selbst wenn ich allein bin, nicht immer leicht wird durchzukommen, daß ich recht gut in meinen eigenen Vorräten ersticken könnte, manchmal kann ich mich schon nur durch Fressen und Trinken vor ihrem Andrang bewahren. Aber der Transport gelingt, ich beende ihn in nicht zu langer Zeit, das Labyrinth ist überwunden, aufatmend stehe ich in einem regelrechten Gang, treibe die Beute durch einen Verbindungsgang in einen für solche Fälle besonders vorgesehenen Hauptgang, der im starkem Gefälle zum Burgplatz hinabführt. Nun ist es keine Arbeit mehr, nun rollt und fließt das Ganze fast von selbst hinab. Endlich auf meinem Burgplatz! Endlich werde ich ruhen dürfen. Alles ist unverändert, kein größeres Unglück scheint geschehen zu sein, die kleinen Schäden, die ich auf den ersten Blick bemerke, werden bald verbessert sein, nur noch vorher die lange Wanderung durch die Gänge, aber das ist keine Mühe, das ist ein Plaudern mit Freunden, so wie ich es tat in alten Zeiten oder – ich bin noch gar nicht so alt, aber für vieles trübt sich die Erinnerung schon völlig – wie ich es tat oder wie ich hörte, daß es zu geschehen pflegt. Ich beginne jetzt mit dem zweiten Gang absichtlich langsam, nachdem ich den Burgplatz gesehen habe, habe ich endlose Zeit – immer innerhalb des Baues habe ich endlose Zeit-, denn alles, was ich dort tue, ist gut und wichtig und sättigt mich gewissermaßen. Ich beginne mit dem zweiten Gang und breche die Revision in der Mitte ab und gehe zum dritten Gang über und lasse mich von ihm zum Burgplatz zurückzuführen und muß nun allerdings wieder den zweiten Gang von neuem vornehmen und spiele so mit der Arbeit und vermehre sie und lache vor mich hin und freue mich und werde ganz wirr von der vielen Arbeit, aber lasse nicht von ihr ab. Euretwegen, ihr Gänge und Plätze und deine Fragen vor allem, Burgplatz, bin ich ja gekommen, habe mein Leben für nichts geachtet, nachdem ich lange Zeit die Dummheit hatte, seinetwegen zu zittern und die Rückkehr zu euch zu verzögern. Was kümmert mich die Gefahr jetzt, da ich bei euch bin. Ihr gehört zu mir, ich zu euch, verbunden

23

sind wir, was kann uns geschehen. Mag sich oben auch das Volk schon drängen und die Schnauze bereit sein, die das Moos durchstoßen wird. Und mit seiner Stummheit und Leere begrüßt nun auch mich der Bau und bekräftigt, was ich sage. – Nun aber überkommt mich doch eine gewisse Lässigkeit und auf einem Platz, der zu meinen Lieblingen gehört, rolle ich mich ein wenig zusammen, noch lange habe ich nicht alles besichtigt, aber ich will ja auch noch weiter besichtigen bis zum Ende, ich will hier nicht schlafen, nur der Lockung gebe ich nach, mich hier so einzurichten, wie wenn ich schlafen wollte, nachsehen will ich, ob das hier noch immer so gut gelingt wie früher. Es gelingt, aber mir gelingt es nicht mich loszureißen, ich bleibe hier in tiefem Schlaf.

Ich habe wohl sehr lange geschlafen. Erst aus dem letzten von selbst sich auflösenden Schlaf werde ich geweckt, der Schlaf muß nun schon sehr leicht sein, denn ein an sich kaum hörbares Zischen weckt mich. Ich verstehe es sofort, das Kleinzeug, viel zu wenig von mir beaufsichtigt, viel zu sehr von mir geschont, hat in meiner Abwesenheit irgendwo einen neuen Weg gebohrt, dieser Weg ist mit einem alten zusammengestoßen, die Luft verfängt sich dort und das ergibt das zischende Geräusch. Was für ein unaufhörlich tätiges Volk das ist und wie lästig sein Fleiß! Ich werde, genau horchend an den Wänden meines Ganges, durch Versuchsgrabungen den Ort der Störung erst feststellen müssen und dann erst das Geräusch beseitigen können. Übrigens kann der neue Graben, wenn er irgendwie den Verhältnissen des Baues entspricht, als neue Luftzuführung mir auch willkommen sein. Aber auf die Kleinen will ich nun viel besser achten als bisher, keines darf geschont werden. Da ich große Übung in solchen Untersuchungen habe, wird es wohl nicht lange dauern und ich kann gleich damit beginnen, es liegen zwar noch andere Arbeiten vor, aber diese ist die dringendste, es soll still sein in meinen Gängen. Dieses Geräusch ist übrigens ein verhältnismäßig unschuldiges; ich habe es gar nicht gehört, als ich kam, obwohl es gewiß schon vorhanden war; ich mußte erst wieder völlig heimisch werden, um es zu hören, es ist gewissermaßen nur mit dem Ohr des Hausbesitzers hörbar. Und es ist nicht einmal ständig, wie sonst solche Geräusche zu sein pflegen, es macht große Pausen, das geht offenbar auf Anstauungen des Luftstroms zurück. Ich beginne die Untersuchung, aber es gelingt mir nicht, die Stelle, wo man eingreifen müßte, zu finden, ich mache zwar einige Grabungen, aber nur aufs Geratewohl; natürlich ergibt sich so nichts und die große Arbeit des Grabens und die noch größere des Zuschüttens und Ausgleichens ist vergeblich. Ich komme gar nicht dem Ort des Geräusches näher, immer unverändert dünn klingt es in regelmäßigen Pausen, einmal wie Zischen, einmal aber wie Pfeifen. Nun, ich könnte es auch vorläufig auf sich beruhen lassen, es ist zwar sehr störend, aber an der von mir angenommenen Herkunft des Geräusches kann kaum ein Zweifel sein, es wird sich also kaum verstärken, im Gegenteil, es kann auch geschehen, daß – bisher habe ich allerdings niemals so lange gewartet – solche Geräusche im Laufe der Zeit durch die weitere Arbeit der kleinen Bohrer von selbst verschwinden, und, abgesehen davon, oft bringt ein Zufall leicht auf die Spur der Störung, während systematisches Suchen lange versagen kann. So tröste ich mich und wollte lieber weiter durch die Gänge schweifen und die Plätze besuchen, von denen ich noch viele nicht einmal wiedergesehen habe und dazwischen immer ein wenig mich auf dem Burgplatz tummeln, aber es läßt mich doch nicht, ich muß weiter suchen. Viel Zeit, viel Zeit, die besser verwendet werden könnte, kostet mich das kleine Volk. Bei solchen Gelegenheiten ist es gewöhnlich das technische Problem, das mich lockt, ich stelle mir zum Beispiel nach dem Geräusch, das mein Ohr in allen seinen Feinheiten zu unterscheiden die Eignung hat, ganz genau aufzeichenbar, die Veranlassung vor, und nun drängt es mich nachzuprüfen, ob die Wirklichkeit dem entspricht. Mit gutem Grund, denn solange hier eine Feststellung nicht erfolgt ist, kann ich mich auch nicht sicher fühlen, selbst wenn es sich nur darum handeln würde, zu wissen, wohin ein Sandkorn, das eine Wand herabfällt, rollen wird. Und gar ein solches Geräusch, das ist in dieser Hinsicht eine gar nicht unwichtige Angelegenheit. Aber wichtig oder unwichtig, wie sehr ich auch suche, ich finde nichts, oder vielmehr ich finde zuviel.

Gerade auf meinem Lieblingsplatz mußte dies geschehen, denke ich, gehe recht weit von dort weg, fast in die Mitte des Weges zum nächsten Platz, das ganze ist eigentlich ein Scherz, so als wollte ich beweisen, daß nicht etwa gerade mein Lieblingsplatz allein mir diese Störung bereitet hat, sondern daß es Störungen auch anderwärts gibt, und ich fange lächelnd an zu horchen, höre aber bald zu lächeln auf, denn wahrhaftig, das gleiche Zischen gibt es auch hier. Es ist ja nichts, manchmal glaube ich, niemand außer mir würde es hören, ich höre es freilich jetzt mit dem durch die Übung geschärften Ohr immer deutlicher, obwohl es in Wirklichkeit überall ganz genau das gleiche Geräusch ist, wie ich mich durch Vergleichen überzeugen kann. Es wird auch nicht stärker, wie ich erkenne, wenn ich, ohne direkt an der Wand zu horchen, mitten im Gang lausche. Dann kann ich überhaupt nur mit Anstrengung, ja mit Versenkung hie und da den Hauch eines Lautes mehr erraten als hören. Aber gerade dieses Gleichbleiben an allen Orten stört mich am meisten, denn es läßt sich mit meiner ursprünglichen Annahme nicht in Übereinstimmung bringen. Hätte ich den Grund des Geräusches richtig erraten, hätte es in größter Stärke von einem bestimmten Ort, der eben zu finden gewesen wäre, ausstrahlen und dann immer kleiner werden müssen. Wenn aber meine Erklärung nicht zutraf, was war es sonst? Es bestand doch die Möglichkeit, daß es zwei Geräuschzentren gab, daß ich bis jetzt nur weit von den Zentren gehorcht hatte und daß, wenn ich mich dem einen Zentrum näherte, zwar seine Geräusche zunahmen, aber infolge Abnehmens der Geräusche des anderen Zentrums das Gesamtergebnis für das Ohr immer ein annähernd gleiches blieb. Fast glaubte ich schon, wenn ich genau hinhorchte, Klangunterschiede, die der neuen Annahme entsprachen, wenn auch nur sehr undeutlich, zu erkennen. jedenfalls mußte ich das Versuchsgebiet viel weiter ausdehnen, als ich es bisher getan hatte. Ich gehe deshalb den Gang abwärts bis zum Burgplatz und beginne dort zu horchen. – Sonderbar, das gleiche Geräusch auch hier. Nun, es ist ein Geräusch, erzeugt durch die Grabungen irgendwelcher nichtiger Tiere, die die Zeit meiner Abwesenheit in infamer Weise ausgenützt haben, jedenfalls liegt ihnen eine gegen mich gerichtete Absicht fern, sie sind nur mit ihrem Werk beschäftigt und, solange ihnen nicht ein Hindernis in den Weg kommt, halten sie die einmal genommene Richtung ein, das alles weiß ich, trotzdem ist es mir unbegreiflich und erregt mich und verwirrt mir den für die Arbeit sehr notwendigen Verstand, daß sie es gewagt haben, bis an den Burgplatz heranzugehen. Ich will in der Hinsicht nicht unterscheiden: war es die immerhin bedeutende Tiefe, in welcher der Burgplatz liegt, war es seine große Ausdehnung und die ihr entsprechende starke Luftbewegung, welche die Grabenden abschreckte, oder war einfach die Tatsache, daß es der Burgplatz war, durch irgendwelche Nachrichten bis an ihren stumpfen Sinn gedrungen? Grabungen hatte ich jedenfalls bisher in den Wänden des Burgplatzes nicht beobachtet. Tiere kamen zwar, angezogen von den kräftigen Ausdünstungen, in Mengen her, hier hatte ich meine feste Jagd, aber sie hatten sich irgendwo oben in meine Gänge durchgegraben und kamen dann, beklommen zwar, aber mächtig angezogen, die Gänge herabgelaufen. Nun aber bohrten sie also auch in den Gängen. Hätte ich doch wenigstens die wichtigsten Pläne meines Jünglings- und früheren Mannesalters ausgeführt oder vielmehr, hätte ich die Kraft gehabt, sie auszuführen, denn an dem Willen hat es nicht gefehlt. Einer dieser Lieblingspläne war es gewesen, den Burgplatz loszulösen von der ihn umgebenden Erde, das heißt, seine Wände nur in einer etwa meiner Höhe entsprechenden Dicke zu belassen, darüber hinaus aber rings um den Burgplatz bis auf ein kleines, von der Erde leider nichtloslösbares Fundament einen Hohlraum im Ausmaß der Wand zu schaffen. In diesem Hohlraum hatte ich mir immer, und wohl kaum mit Unrecht, den schönsten Aufenthaltsort vorgestellt, den es für mich geben konnte. Auf dieser Rundung hängen, hinauf sich ziehen, hinab zu gleiten, sich überschlagen und wieder Boden unter den Füßen haben, und alle diese Spiele förmlich auf dem Körper des Burgplatzes spielen und doch nicht in seinem eigentlichen Raum; den Burgplatz meiden können, die Augen ausruhen lassen können von ihm, die Freude, ihn zu sehen, auf eine spätere Stunde verschieben und doch ihn nicht entbehren müssen, sondern ihn förmlich fest zwischen den Krallen halten, etwas was unmöglich ist, wenn man nur den einen gewöhnlichen offenen Zugang zu ihm hat; vor allem aber ihn bewachen können, für die Entbehrung seines Anblicks also derart entschädigt werden, daß man gewiß, wenn man zwischen dem Aufenthalt im Burgplatz oder im Hohlraum zu wählen hätte, den Hohlraum wählte für alle Zeit seines Lebens, nur immer dort auf- und abzuwandern und den Burgplatz zu schützen. Dann gäbe es keine Geräusche in den Wänden, keine frechen Grabungen bis an den Platz heran, dann wäre dort der Friede gewährleistet und ich wäre sein Wächter; nicht die Grabungen des kleinen Volkes hätte ich mit Widerwillen zu behorchen, sondern mit Entzücken, etwas, was mir jetzt völlig entgeht: das Rauschen der Stille auf dem Burgplatz.

Aber alles dieses Schöne besteht nun eben nicht und ich muß an meine Arbeit, fast muß ich froh sein, daß sie nun auch in direkter Beziehung zum Burgplatz steht, denn das beflügelt mich. Ich brauche freilich, wie sich immer mehr herausstellt, alle meine Kräfte zu dieser Arbeit, die zuerst eine ganz geringfügige schien. Ich horche jetzt die Wände des Burgplatzes ab, und wo ich horche, hoch und tief, an den Wänden oder am Boden, an den Eingängen oder im Innern, überall, überall das gleiche Geräusch. Und wieviel Zeit, wieviel Anspannung erfordert dieses lange Horchen auf das pausenweise Geräusch. Einen kleinen Trost zur Selbsttäuschung kann man, wenn man will, darin finden, daß man hier auf dem Burgplatz, wenn man das Ohr vom Erdboden entfernt, zum Unterschied von den Gängen wegen der Größe des Platzes gar nichts hört. Nur zum Ausruhen, zum Selbstbesinnen mache ich häufig diese Versuche, horche angestrengt und bin glücklich, nichts zu hören. Aber im übrigen, was ist denn geschehen? Vor dieser Erscheinung versagen meine ersten Erklärungen völlig. Aber auch andere Erklärungen, die sich mir anbieten, muß ich ablehnen. Man könnte daran denken, daß das, was ich höre, eben das Kleinzeug selbst bei seiner Arbeit ist. Das würde aber allen Erfahrungen widersprechen; was ich nie gehört habe, obwohl es immer vorhanden war, kann ich doch nicht plötzlich zu hören anfangen. Meine Empfindlichkeit gegen Störungen ist vielleicht im Bau größer geworden mit den Jahren, aber das Gehör ist doch keineswegs schärfer geworden. Es ist eben das Wesen des Kleinzeugs, daß man es nicht hört. Hätte ich es denn sonst jemals geduldet? Auf die Gefahr hin zu verhungern hätte ich es ausgerottet. Aber vielleicht, auch dieser Gedanke schleicht sich mir ein, handelt es sich hier um ein Tier, das ich noch nicht kenne. Möglich wäre es. Zwar beobachte ich schon lange und sorgfältig genug das Leben hier unten, aber die Welt ist mannigfaltig und an schlimmen Überraschungen fehlt es niemals. Aber es wäre ja nicht ein einzelnes Tier, es müßte eine große Herde sein, die plötzlich in mein Gebiet eingefallen wäre, eine große Herde kleiner Tiere, die zwar, da sie überhaupt hörbar sind, über dem Kleinzeug stehen, aber es doch nur wenig überragen, denn das Geräusch ihrer Arbeit ist an sich nur gering. Es könnten also unbekannte Tiere sein, eine Herde auf der Wanderschaft, die nur vorüberziehen, die mich stören, aber deren Zug bald ein Ende nehmen wird. So könnte ich also eigentlich warten und müßte schließlich keine überflüssige Arbeit tun. Aber wenn es fremde Tiere sind, warum bekomme ich sie nicht zu sehen? Nun habe ich schon viele Grabungen gemacht, um eines von ihnen zu fassen, aber ich finde keines. Es fällt mir ein, daß es vielleicht ganz winzige Tiere sind und viel kleiner als die, welche ich kenne, und daß nur das Geräusch, welches sie machen, ein größeres ist. Ich untersuche deshalb die ausgegrabene Erde, ich werfe die Klumpen in die Höhe, daß sie in allerkleinste Teilchen zerfallen, aber die Lärmmacher sind nicht darunter. Ich sehe langsam ein, daß ich durch solche kleine Zufallgrabungen nichts erreichen kann, ich durchwühle damit nur die Wände meines Baues, scharre hier und dort in Eile, habe keine Zeit, die Löcher zuzuschütten, an vielen Stellen sind schon Erdhaufen, die den Weg und Ausblick verstellen. Freilich stört mich das alles nur nebenbei, ich kann jetzt weder wandern, noch umherschauen, noch ruhen, öfters bin ich schon für ein Weilchen in irgendeinem Loch bei der Arbeit eingeschlafen, die eine Pfote eingekrallt oben in der Erde, von der ich im letzten

Halbschlaf ein Stück niederreißen wollte. Ich werde nun meine Methode ändern. Ich werde in der Richtung zum Geräusch hin einen regelrechten großen Graben bauen und nicht früher zu graben aufhören, bis ich, unabhängig von allen Theorien, die wirkliche Ursache des Geräusches finde. Dann werde ich sie beseitigen, wenn es in meiner Kraft ist, wenn aber nicht, werde ich wenigstens Gewißheit haben. Diese Gewißheit wird mir entweder Beruhigung oder Verzweiflung bringen, aber wie es auch sein wird, dieses oder jenes; es wird zweifellos und berechtigt sein. Dieser Entschluß tut mir wohl. Alles, was ich bisher getan habe, kommt mir übereilt vor; in der Aufregung der Rückkehr, noch nicht frei von den Sorgen der Oberwelt, noch nicht völlig aufgenommen in den Frieden des Baues, überempfindlich dadurch gemacht, daß ich ihn solange hatte entbehren müssen, habe ich mich durch eine zugegebenerweise sonderbare Erscheinung um jede Besinnung bringen lassen. Was ist denn? Ein leichtes Zischen, in langen Pausen nur hörbar, ein Nichts, an das man sich, ich will nicht sagen, gewöhnen könnte; nein, gewöhnen könnte man sich daran nicht, das man aber, ohne vorläufig geradezu etwas dagegen zu unternehmen, eine Zeitlang beobachten könnte, das heißt, alle paar Stunden gelegentlich hinhorchen und das Ergebnis geduldig registrieren, aber nicht, wie ich, das Ohr die Wände entlang schleifen und fast bei jedem Hörbarwerden des Geräusches die Erde aufreißen, nicht um eigentlich etwas zu finden, sondern um etwas der inneren Unruhe Entsprechendes zu tun. Das wird jetzt anders werden, hoffe ich. Und hoffe es auch wieder nicht, – wie ich mit geschlossenen Augen, wütend über mich selbst, mir eingestehe – denn die Unruhe zittert in mir noch genau so wie seit Stunden und wenn mich der Verstand nicht zurückhielte, würde ich wahrscheinlich am liebsten an irgendeiner Stelle, gleichgültig, ob dort etwas zu hören ist oder nicht, stumpfsinnig, trotzig, nur des Grabens wegen zu graben anfangen, schon fast ähnlich dem Kleinzeug, welches entweder ganz ohne Sinn gräbt oder nur, weil es die Erde frißt. Der neue vernünftige Plan lockt mich und lockt mich nicht. Es ist nichts gegen ihn einzuwenden, ich wenigstens weiß keinen Einwand, er muß, soweit ich es verstehe, zum Ziele führen. Und trotzdem glaube ich ihm im Grunde nicht, glaube ihm so wenig, daß ich nicht einmal die möglichen Schrecken seines Ergebnisses fürchte, nicht einmal an ein schreckliches Ergebnis glaube ich; ja, es scheint mir, ich hätte schon seit dem ersten Auftreten des Geräusches an ein solches konsequentes Graben gedacht, und nur weil ich kein Vertrauen dazu hatte, bisher damit nicht begonnen. Trotzdem werde ich natürlich den Graben beginnen, es bleibt mir keine andere Möglichkeit, aber ich werde nicht gleich beginnen, ich werde die Arbeit ein wenig aufschieben. Wenn der Verstand wieder zu Ehren kommen soll, soll es ganz geschehen, ich werde mich nicht in diese Arbeit stürzen. Jedenfalls werde ich vorher die Schäden gutmachen, die ich durch meine Wühlarbeit dem Bau verursacht habe; das wird nicht wenig Zeit kosten, aber es ist notwendig; wenn der neue Graben wirklich zu einem Ziele führen sollte, wird er wahrscheinlich lang werden, und wenn er zu keinem Ziele führen sollte, wird er endlos sein, jedenfalls bedeutet diese Arbeit ein längeres Fernbleiben vom Bau, kein so schlimmes wie jenes auf der Oberwelt, ich kann die Arbeit wenn ich will unterbrechen und zu Besuch nach Hause gehen, und selbst wenn ich das nicht tue, wird die Luft des Burgplatzes zu mir hinwehen und bei der Arbeit mich umgeben, aber eine Entfernung vom Bau und die Preisgabe an ein ungewisses Schicksal bedeutet es dennoch, deshalb will ich hinter mir den Bau in guter Ordnung zurücklassen, es soll nicht heißen, daß ich, der ich um seine Ruhe kämpfte, selbst sie gestört und sie nicht gleich wiederhergestellt habe. So beginne ich denn damit, die Erde in die Löcher zurückzuscharren, eine Arbeit, die ich genau kenne, die ich unzähligemal fast ohne das Bewußtsein einer Arbeit getan habe und die ich, besonders was das letzte Pressen und Glätten betrifft – es ist gewiß kein bloßes Selbstlob, es ist einfach Wahrheit – unübertrefflich auszuführen imstande bin. Diesmal aber wird es mir schwer, ich bin zu zerstreut, immer wieder mitten in der Arbeit drücke ich das Ohr an die Wand und horche und lasse gleichgültig unter mir die kaum gehobene Erde wieder in den Hang zurückkrieseln. Die letzten Verschönerungsarbeiten, die eine stärkere Aufmerksamkeit erfordern, kann ich kaum leisten. Häßliche Buckel, störende Risse bleiben, nicht zu reden davon, daß sich auch im ganzen der alte Schwung einer derart geflickten Wand nicht wieder einstellen will. Ich suche mich damit zu trösten, daß es nur eine vorläufige Arbeit ist. Wenn ich zurückkomme, der Friede wieder verschafft ist, werde ich alles endgültig verbessern, im Fluge wird sich das dann alles machen lassen. Ja, im Märchen geht alles im Fluge und zu den Märchen gehört auch dieser Trost. Besser wäre es, gleich jetzt vollkommene Arbeit zu tun, viel nützlicher, als sie immer wieder zu unterbrechen, sich auf Wanderschaft durch die Gänge zu begeben und neue Geräuschstellen festzustellen, was wahrhaftig sehr leicht ist, denn es erfordert nichts, als an einem beliebigen Ort stehenzubleiben und zu horchen. Und noch weitere unnütze Entdeckungen mache ich. Manchmal scheint es mir, als habe das Geräusch aufgehört, es macht ja lange Pausen, manchmal überhört man ein solches Zischen, allzusehr klopft das eigene Blut im Ohr, dann schließen sich zwei Pausen zu einer zusammen und ein Weilchen lang glaubt man, das Zischen sei für immer zu Ende.

Man horcht nicht mehr weiter, man springt auf, das ganze Leben macht eine Umwälzung, es ist, als öffne sich die Quelle, aus welcher die Stille des Baues strömt. Man hütet sich, die Entdeckung gleich nachzuprüfen, man sucht jemanden, dem man sie vorher unangezweifelt anvertrauen könne, man galoppiert deshalb zum Burgplatz, man erinnert sich, da man mit allem, was man ist, zu neuem Leben erwacht ist, daß man schon lange nichts gegessen hat, man reißt irgend etwas von den unter der Erde halb verschütteten Vorräten hervor und schlingt daran noch, während man zu dem Ort der unglaublichen Entdeckung zurückläuft, man will sich zuerst nur nebenbei, nur flüchtig während des Essens von der Sache nochmals überzeugen, man horcht, aber das flüchtige Hinhorchen zeigt sofort, daß man sich schmählich geirrt hat, unerschüttert zischt es dort weit in der Ferne. Und man speit das Essen aus und möchte es in den Boden stampfen und man geht zu seiner Arbeit zurück, weiß gar nicht, zu welcher; irgendwo, wo es nötig zu sein scheint, und solcher Orte gibt es genug, fängt man mechanisch etwas zu tun an, so als sei nur der Aufseher gekommen und man müsse ihm eine Komödie vorspielen. Aber kaum hat man ein Weilchen derart gearbeitet, kann es geschehen, daß man eine neue Entdeckung macht. Das Geräusch scheint stärker geworden, nicht viel stärker natürlich, hier handelt es sich immer nur um feinste Unterschiede, aber ein wenig stärker doch, deutlich dem Ohre erkennbar. Und dieses Stärkerwerden scheint ein Näherkommen, noch viel deutlicher als man das Stärkerwerden hört, sieht man förmlich den Schritt, mit dem es näher kommt. Man springt von der Wand zurück, man sucht mit einem Blick alle Möglichkeiten zu übersehen, welche diese Entdeckung zur Folge haben wird. Man hat das Gefühl, als hätte man den Bau niemals eigentlich zur Verteidigung gegen einen Angriff eingerichtet, die Absicht hatte man, aber entgegen aller Lebenserfahrung schien einem die Gefahr eines Angriffs und daher die Einrichtungen der Verteidigung fernliegend – oder nicht fernliegend (wie wäre das möglich!), aber im Rang tief unter den Einrichtungen für ein friedliches Leben, denen man deshalb im Bau überall den Vorzug gab. Vieles hätte in jener Richtung eingerichtet werden können, ohne den Grundplan zu stören, es ist in einer unverständlichen Weise versäumt worden. Ich habe viel Glück gehabt in allen diesen Jahren, das Glück hat mich verwöhnt, unruhig war ich gewesen, aber Unruhe innerhalb des Glücks führt zu nichts.

Was jetzt zunächst zu tun wäre, wäre eigentlich, den Bau genau auf die Verteidigung und auf alle bei ihr vorstellbaren Möglichkeiten hin zu besichtigen, einen Verteidigungs- und einen zugehörigen Bauplan auszuarbeiten und dann mit der Arbeit gleich, frisch wie ein Junger, zu beginnen. Das wäre die notwendige Arbeit, für die es, nebenbei gesagt, natürlich viel zu spät ist, aber die notwendige Arbeit wäre es, und keineswegs die Grabung irgendeines großen Forschungsgrabens, der eigentlich nur den Zweck hat, verteidigungslos mich mit allen meinen Kräften auf das Aufsuchen der Gefahr zu verlegen, in der närrischen Befürchtung, sie könne nicht bald genug selbst herankommen. Ich verstehe plötzlich meinen früheren Plan nicht. Ich kann in dem ehemals verständigen nicht den geringsten Verstand finden, wieder lasse ich die Arbeit und lasse auch das Horchen, ich will jetzt keine weiteren Verstärkungen entdecken, ich habe genug der Entdeckungen, ich lasse alles, ich wäre schon zufrieden, wenn ich mir den inneren Widerstreit beruhigte. Wieder lasse ich mich von meinen Gängen wegführen, komme in immer entferntere, seit meiner Rückkehr noch nicht gesehene, von meinen Scharrpfoten noch völlig unberührte, deren Stille aufwacht bei meinem Kommen und sich über mich senkt. Ich gebe mich nicht hin, ich eile hindurch, ich weiß gar nicht, was ich suche, wahrscheinlich nur Zeitaufschub. Ich irre soweit ab, daß ich bis zum Labyrinth komme, es lockt mich, an der Moosdecke zu horchen, so ferne Dinge, für den Augenblick so ferne, haben mein Interesse. Ich dringe bis hinauf vor und horche. Tiefe Stille; wie schön es hier ist, niemand kümmert sich dort um meinen Bau, jeder hat seine Geschäfte, die keine Beziehung zu mir haben, wie habe ich es angestellt, das zu erreichen. Hier an der Moosdecke ist vielleicht jetzt die einzige Stelle an meinem Bau, wo ich stundenlang vergebens horchen kann. – Eine völlige Umkehrung der Verhältnisse im Bau, der bisherige Ort der Gefahr ist ein Ort des Friedens geworden, der Burgplatz aber ist hineingerissen worden in den Lärm der Welt und ihrer Gefahren. Noch schlimmer, auch hier ist in Wirklichkeit kein Frieden, hier hat sich nichts verändert, ob still, ob lärmend, die Gefahr lauert wie früher über dem Moos, aber ich bin unempfindlich gegen sie geworden, allzusehr in Anspruch genommen bin ich von dem Zischen in meinen Wänden. Bin ich davon in Anspruch genommen? Es wird stärker, es kommt näher, ich aber schlängle mich durch das Labyrinth und lagere mich hier oben unter dem Moos, es ist ja fast, als überließe ich dem Zischer schon das Haus, zufrieden, wenn ich nur hier oben ein wenig Ruhe habe. Dem Zischer? Habe ich etwa eine neue bestimmte Meinung über die Ursache des Geräusches? Das Geräusch stammt doch wohl von den Rinnen, welche das Kleinzeug gräbt? Ist das nicht meine bestimmte Meinung? Von ihr scheine ich doch noch nicht abgegangen zu sein. Und wenn es nicht direkt von den Rinnen stammt, so irgendwie indirekt. Und wenn es gar nicht mit ihnen zusammenhängen sollte, dann läßt sich von vornherein wohl gar nichts annehmen und man muß warten, bis man die Ursache vielleicht findet oder sie selbst sich zeigt. Mit Annahmen spielen könnte man freilich auch noch jetzt, es ließe sich zum Beispiel sagen, daß irgendwo in der Ferne ein Wassereinbruch stattgefunden hat und das, was mir Pfeifen oder Zischen scheint, wäre dann eigentlich ein Rauschen. Aber abgesehen davon, daß ich in dieser Hinsicht gar keine Erfahrungen habe – das Grundwasser, das ich zuerst gefunden habe, habe ich gleich abgeleitet und es ist nicht wiedergekommen in diesem sandigen Boden –, abgesehen davon ist es eben ein Zischen und in ein Rauschen nicht umzudeuten. Aber was helfen alle Mahnungen zur Ruhe, die Einbildungskraft will nicht stillstehen und ich halte tatsächlich dabei zu glauben – es ist zwecklos, sich das selbst abzuleugnen –, das Zischen stamme von einem Tier und zwar nicht von vielen und kleinen, sondern von einem einzigen großen. Es spricht manches dagegen. Daß das Geräusch überall zu hören ist und immer in gleicher Stärke, und überdies regelmäßig bei Tag und Nacht. Gewiß, zuerst müßte man eher dazu neigen, viele kleine Tiere anzunehmen, da ich sie aber bei meinen Grabungen hätte finden müssen und nichts gefunden habe, bleibt nur die Annahme der Existenz des großen Tieres, zumal das, was der Annahme zu widersprechen scheint, bloß Dinge sind, welche das Tier nicht unmöglich, sondern nur über alle Vorstellbarkeit hinaus gefährlich machen. Nur deshalb habe ich mich gegen die Annahme gewehrt. Ich lasse von dieser Selbsttäuschung ab. Schon lange spiele ich mit dem Gedanken, daß es deshalb selbst auf große Entfernung hin zu hören ist, weil es rasend arbeitet, es gräbt sich so schnell durch die Erde, wie ein Spaziergänger im freien Gange geht, die Erde zittert bei seinem Graben, auch wenn es schon vorüber ist, dieses Nachzittern und das Geräusch der Arbeit selbst vereinigen sich in der großen Entfernung und ich, der ich nur das letzte Verebben des Geräusches höre, höre es überall gleich. Dabei wirkt mit, daß das Tier nicht auf mich zugeht, darum ändert sich das Geräusch nicht, es liegt vielmehr ein Plan vor, dessen Sinn ich nicht durchschaue, ich nehme nur an, daß das Tier, wobei ich gar nicht behaupten will, daß es von mir weiß, mich einkreist, wohl einige Kreise hat es schon um meinen Bau gezogen, seit ich es beobachte. – Viel zu denken gibt mir die Art des Geräusches, das Zischen oder Pfeifen. Wenn ich in meiner Art in der Erde kratze und scharre, ist es doch ganz anders anzuhören. Ich kann mir das Zischen nur so erklären, daß das Hauptwerkzeug des Tieres nicht seine Krallen sind, mit denen es vielleicht nur nachhilft, sondern seine Schnauze oder sein Rüssel, die allerdings, abgesehen von ihrer ungeheuren Kraft, wohl auch irgendwelche Schärfen haben. Wahrscheinlich bohrt es mit einem einzigen mächtigen Stoß den Rüssel in die Erde und reißt ein großes Stück heraus, während dieser Zeit höre ich nichts, das ist die Pause, dann aber zieht es wieder Luft ein zum neuen Stoß. Dieses Einziehen der Luft, das ein die Erde erschütternder Lärm sein muß, nicht nur wegen der Kraft des Tieres, sondern auch wegen seiner Eile, seines Arbeitseifers, diesen Lärm höre ich dann als leises Zischen. Gänzlich unverständlich bleibt mir allerdings seine Fähigkeit, unaufhörlich zu arbeiten; vielleicht enthalten die kleinen Pausen auch die Gelegenheit für ein winziges Ausruhen, aber zu einem wirklichen großen Ausruhen ist es scheinbar noch nicht gekommen, Tag und Nacht gräbt es immer in gleicher Kraft und Frische, seinen eiligst auszuführenden Plan vor Augen, den zu verwirklichen es alle Fähigkeiten besitzt. Nun, einen solchen Gegner habe ich nicht erwarten können. Aber abgesehen von seinen Eigentümlichkeiten ereignet sich jetzt doch nur etwas, was ich eigentlich immer zu befürchten gehabt hätte, etwas, wogegen ich hätte immer Vorbereitungen treffen sollen: Es kommt jemand heran! Wie kam es nur, daß so lange Zeit alles still und glücklich verlief? Wer hat die Wege der Feinde gelenkt, daß sie den großen Bogen machten um meinen Besitz? Warum wurde ich so lange beschützt, um jetzt so geschreckt zu werden? Was waren alle kleinen Gefahren, mit deren Durchdenken ich die Zeit hinbrachte gegen diese eine! Hoffte ich als Besitzer des Baues die Obermacht zu haben gegen jeden, der käme? Eben als Besitzer dieses großen empfindlichen Werkes bin ich wohlverstanden gegenüber jedem ernsteren Angriff wehrlos. Das Glück seines Besitzes hat mich verwöhnt, die Empfindlichkeit des Baues hat mich empfindlich gemacht, seine Verletzungen schmerzen mich, als wären es die meinen. Eben dieses hätte ich voraussehen müssen, nicht nur an meine eigene Verteidigung denken – und wie leichthin und ergebnislos habe ich selbst das getan –, sondern an die Verteidigung des Baues. Es müßte vor allem Vorsorge dafür getroffen sein, daß einzelne Teile des Baues, und möglichst viele einzelne Teile, wenn sie von jemandem angegriffen werden, durch Erdverschüttungen, die in kürzester Zeit erzielbar sein müßten, von den weniger gefährdeten Teilen getrennt werden und zwar durch solche Erdmassen, und derart wirkungsvoll getrennt werden könnten, daß der Angreifer gar nicht ahnte, daß dahinter erst der eigentliche Bau ist. Noch mehr, diese Erdverschüttungen müßten geeignet sein, nicht nur den Bau zu verbergen, sondern auch den Angreifer zu begraben. Nicht den kleinsten Anlauf zu etwas derartigem habe ich gemacht, nichts, gar nichts ist in dieser Richtung geschehen, leichtsinnig wie ein Kind bin ich gewesen, meine Mannesjahre habe ich mit kindlichen Spielen verbracht, selbst mit den Gedanken an die Gefahren habe ich nur gespielt, an die wirklichen Gefahren wirklich zu denken, habe ich versäumt. Und an Mahnungen hat es nicht gefehlt.

Etwas, was an das jetzige heranreichen würde, ist allerdings nicht geschehen, aber doch immerhin etwas ähnliches in den Anfangszeiten des Baues. Der Hauptunterschied war eben, daß es die Anfangszeiten des Baues waren... Ich arbeitete damals, förmlich als kleiner Lehrling, noch am ersten Gang, das Labyrinth war erst in grobem Umriß entworfen, einen kleinen Platz hatte ich schon ausgehöhlt, aber er war im Ausmaß und in der Wandbehandlung ganz mißlungen; kurz, alles war derartig am Anfang, daß es überhaupt nur als Versuch gelten konnte, als etwas, das man, wenn einmal die Geduld reißt, ohne großes Bedauern plötzlich liegen lassen könnte. Da geschah es, daß ich einmal in der Arbeitspause – ich habe in meinem Leben immer zu viel Arbeitspausen gemacht – zwischen meinen Erdhaufen lag und plötzlich ein Geräusch in der Ferne hörte. Jung wie ich war, wurde ich dadurch mehr neugierig als ängstlich. Ich ließ die Arbeit und verlegte mich aufs Horchen, immerhin horchte ich und lief nicht oben unter das Moos, um mich dort zu strecken und nicht horchen zu müssen. Wenigstens horchte ich. Ich konnte recht wohl unterscheiden, daß es sich um ein Graben handelte, ähnlich dem meinen, etwas schwächer klang es wohl, aber wieviel davon der Entfernung zuzusprechen war, konnte man nicht wissen. Ich war gespannt, aber sonst kühl und ruhig. Vielleicht bin ich in einem fremden Bau, dachte ich, und der Besitzer gräbt sich jetzt an mich heran. Hätte sich die Richtigkeit dieser Annahme herausgestellt, wäre ich, da ich niemals eroberungssüchtig oder angriffslustig gewesen bin, weggezogen, um anderswo zu bauen. Aber freilich, ich war noch jung und hatte noch keinen Bau, ich konnte noch kühl und ruhig sein. Auch der weitere Verlauf der Sache brachte mir keine wesentliche Aufregung, nur zu deuten war er nicht leicht. Wer in der, welcher dort grub, wirklich zu mir hinstrebte, weil er mich graben gehört hatte, so war es, wenn er, wie es jetzt tatsächlich geschah, die Richtung änderte, nicht festzustellen, ob er dies tat, weil ich durch meine Arbeitspause ihm jeden Anhaltspunkt für seinen Weg nahm, oder vielmehr, weil er selbst seine Absicht änderte. Vielleicht aber hatte ich mich überhaupt getäuscht und er hatte sich niemals geradezu gegen mich gerichtet, jedenfalls verstärkte sich das Geräusch noch eine Zeitlang, so als nähere er sich, ich Junger wäre damals vielleicht gar nicht damit unzufrieden gewesen, den Graber plötzlich aus der Erde hervortreten zu sehen, es geschah aber nichts dergleichen, von einem bestimmten Punkte an begann sich das Graben abzuschwächen, es wurde leiser und leiser, so als schwenke der Graber allmählich von seiner ersten Richtung ab und auf einmal brach er ganz ab, als habe er sich jetzt zu einer völlig entgegengesetzten Richtung entschlossen und rücke geradewegs von mir weg in die Ferne. Lange horchte ich ihm noch in die Stille nach, ehe ich wieder zu arbeiten begann. Nun, diese Mahnung war deutlich genug, aber bald vergaß ich sie und auf meine Baupläne hat sie kaum einen Einfluß gehabt.

Zwischen damals und heute liegt mein Mannesalter; ist es aber nicht so, als läge gar nichts dazwischen? Noch immer mache ich eine große Arbeitspause und horche an der Wand und der Graber hat neuerlich seine Absicht geändert, er hat Kehrt gemacht, er kommt zurück von seiner Reise, er glaubt, er hätte mir inzwischen genug Zeit gelassen, mich für seinen Empfang einzurichten. Aber auf meiner Seite ist alles weniger eingerichtet, als es damals war, der große Bau steht da, wehrlos, und ich bin kein kleiner Lehrling mehr, sondern ein alter Baumeister und, was ich an Kräften noch habe, versagt mir, wenn es zur Entscheidung kommt, aber wie alt ich auch bin, es scheint mir, daß ich recht gern noch älter wäre, als ich bin, so alt, daß ich mich gar nicht mehr erheben könnte von meinem Ruhelager unter dem Moos. Denn in Wirklichkeit ertrage ich es hier doch nicht, erhebe mich und jage, als hätte ich mich hier statt mit Ruhe mit neuen Sorgen erfüllt, wieder hinunter ins Haus. – Wie standen die Dinge zuletzt? Das Zischen war schwächer geworden? Nein, es war stärker geworden. Ich horche an zehn beliebigen Stellen und merke die Täuschung deutlich, das Zischen ist gleichgeblieben, nichts hat sich geändert. Dort drüben gehen keine Veränderungen vor sich, dort ist man ruhig und über die Zeit erhaben, hier aber rüttelt jeder Augenblick am Horcher. Und ich gehe wieder den langen Weg zum Burgplatz zurück, alles ringsherum scheint mir erregt, scheint mich anzusehen, scheint dann auch gleich wieder wegzusehen, um mich nicht zu stören, und strengt sich doch wieder an, von meinen Mienen die rettenden Entschlüsse abzulesen. Ich schüttle den Kopf, ich habe noch keine. Auch zum Burgplatz gehe ich nicht, um dort irgendeinen Plan auszuführen. Ich komme an der Stelle vorüber, wo ich den Forschungsgraben hatte anlegen wollen, ich prüfe sie nochmals, es wäre eine gute Stelle gewesen, der Graben hätte in der Richtung geführt, in welcher die meisten kleinen Luftzuführungen liegen, die mir die Arbeit sehr erleichtert hätten, vielleicht hätte ich gar nicht sehr weit graben müssen, hätte mich gar nicht herangraben müssen an den Ursprung des Geräusches, vielleicht hätte das Horchen an den Zuführungen genügt. Aber keine Überlegung ist stark genug, um mich zu dieser Grabungsarbeit aufzumuntern. Dieser Graben soll mir Gewißheit bringen? Ich bin so weit, daß ich Gewißheit gar nicht haben will. Auf dem Burgplatz wähle ich ein schönes Stück enthäuteten roten Fleisches aus und verkrieche mich damit in einen der Erdhaufen, dort wird jedenfalls Stille sein, soweit es hier überhaupt eigentliche Stille noch gibt. Ich lecke und nasche am Fleisch, denke abwechselnd einmal an das fremde Tier, das in der Ferne seinen Weg zieht, und dann wieder daran, daß ich, solange ich noch die Möglichkeit habe, ausgiebigst meine Vorräte genießen sollte. Dieses letztere ist wahrscheinlich der einzige ausführbare Plan, den ich habe. Im übrigen suche ich den Plan des Tieres zu enträtseln. Ist es auf Wanderschaft oder arbeitet es an seinem eigenen Bau? Ist es auf Wanderschaft, dann wäre vielleicht eine Verständigung mit ihm möglich. Wenn es wirklich bis zu mir durchbricht, gebe ich ihm einiges von meinen Vorräten und es wird weiterziehen. Wohl, es wird weiterziehen. In meinen Erdhaufen kann ich natürlich von allem träumen, auch von Verständigung, obwohl ich genau weiß, daß es etwas derartiges nicht gibt, und daß wir in dem Augenblick, wenn wir einander sehen, ja wenn wir einander nur in der Nähe ahnen, gleich besinnungslos, keiner früher, keiner später, mit einem neuen anderen Hunger, auch wenn wir sonst völlig satt sind, Krallen und Zähne gegeneinander auftun werden. Und wie immer so auch hier mit vollem Recht, denn wer, wenn er auch auf Wanderschaft ist, würde angesichts des Baues seine Reise- und Zukunftspläne nicht ändern? Aber vielleicht gräbt das Tier in seinem eigenen Bau, dann kann ich von einer Verständigung nicht einmal träumen. Selbst wenn es ein so sonderbares Tier wäre, daß sein Bau eine Nachbarschaft vertragen würde, mein Bau verträgt sie nicht, zumindest eine hörbare Nachbarschaft verträgt er nicht. Nun scheint das Tier freilich sehr weit entfernt, wenn es sich nur noch ein wenig weiter zurückziehen würde, würde wohl auch das Geräusch verschwinden, vielleicht könnte dann noch alles gut werden wie in den alten Zeiten, es wäre dann nur eine böse, aber wohltätige Erfahrung, sie würde mich zu den verschiedensten Verbesserungen anregen; wenn ich Ruhe habe und die Gefahr nicht unmittelbar drängt, bin ich noch zu allerlei ansehnlicher Arbeit sehr wohl fähig, vielleicht verzichtet das Tier angesichts der ungeheuren Möglichkeiten, die es bei seiner Arbeitskraft zu haben scheint, auf die Ausdehnung seines Baues in der Richtung gegen den meinen und entschädigt sich auf einer anderen Seite dafür. Auch das läßt sich natürlich nicht durch Verhandlungen erreichen, sondern nur durch den eigenen Verstand des Tieres oder durch einen Zwang, der von meiner Seite ausgeübt würde. In beider Hinsicht wird entscheidend sein, ob und was das Tier von mir weiß. Je mehr ich darüber nachdenke, desto unwahrscheinlicher scheint es mir, daß das Tier mich überhaupt gehört hat, es ist möglich, wenn auch mir unvorstellbar, daß es sonst irgendwelche Nachrichten über mich hat, aber gehört hat es mich wohl nicht. Solange ich nichts von ihm wußte, kann es mich überhaupt nicht gehört haben, denn da verhielt ich mich still, es gibt nichts Stilleres als das Wiedersehen mit dem Bau, dann, als ich die Versuchsgrabungen machte, hätte es mich wohl hören können, obwohl meine Art zu graben sehr wenig Lärm macht; wenn es mich aber gehört hätte, hätte doch auch ich etwas davon bemerken müssen, es hätte doch wenigstens in der Arbeit öfters innehalten müssen und horchen. – Aber alles blieb unverändert. – –

43

44